Analyse de l'œuvre

Par Vincent Jooris et Erika de Gouveia

La Princesse de Clèves

de Madame de La Fayette

lePetitLittéraire.fr

Rendez-vous sur lepetitlitteraire.fr et découvrez :

Plus de 1200 analyses
Claires et synthétiques
Téléchargeables en 30 secondes
À imprimer chez soi

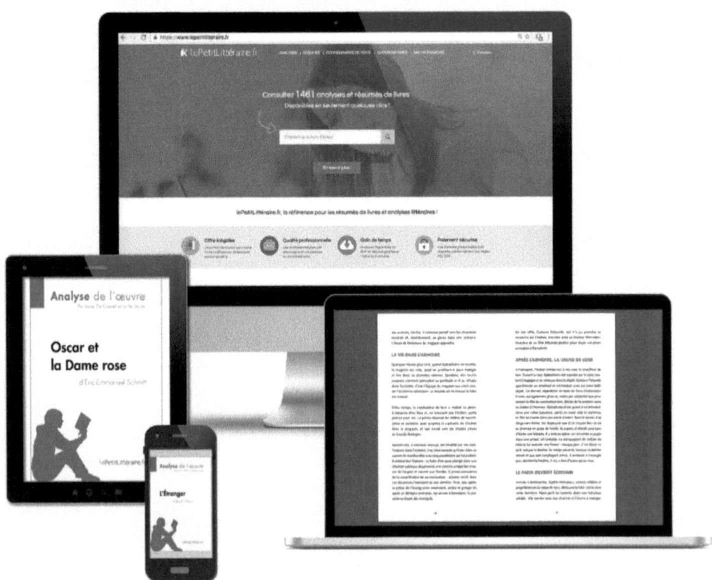

MADAME DE LA FAYETTE

ÉCRIVAINE FRANÇAISE

- **Née en 1634 à Paris**
- **Décédée en 1693 dans la même ville**
- **Quelques-unes de ses œuvres :**
  - *La Princesse de Montpensier* (1662), roman
  - *Zayde* (1669-1671), roman
  - *La Princesse de Clèves* (1678), roman

Marie-Magdeleine Pioche de la Vergne, dite comtesse de la Fayette, nait le 18 mars 1634 et meurt, d'une maladie du cœur, le 25 mai 1693 à Paris. Elle est la fille d'un gentilhomme de petite noblesse. Son père décède en 1649, et sa mère se remarie avec un dénommé Renaud de Sévigné, oncle de la marquise de Sévigné (femme de lettres française, 1626-1696). Marie Magdeleine se lie d'amitié avec celle-ci qui l'invite à fréquenter la société de cour et les salons littéraires de l'époque. C'est là qu'elle rencontre Jean-François Motier, comte de la Fayette, qu'elle épouse. Marié sans amour, le couple s'essoufle, et le comte de la Fayette décide de se retirer à la campagne, laissant sa femme à Paris.

Dans les salons littéraires, la comtesse rencontre La Rochefoucauld (écrivain français, 1613-1680) avec qui elle noue une étroite et longue amitié. Grâce à cette relation, elle se retrouve plongée dans le monde des lettrés. Dès lors, Racine (1639-1699), Corneille (1606-1684) et bien d'autres deviennent les auteurs lus et entendus par Marie-Magdeleine.

Pendant ces années passées au sein de cette société de lettrés, elle rédige tout d'abord deux récits : *La Princesse de Montpensier* (1662) et *Zaïde* (1670) qui illustrent parfaitement les thématiques littéraires de son temps. Cependant, Mme de la Fayette cherche à innover et s'oriente alors, à l'aide de La Rochefoucauld, vers une écriture empreinte d'Histoire et d'exactitude. Elle écrit ainsi *Histoire d'Henriette d'Angleterre*, les mémoires de la princesse britannique Henriette (1644-1660). En 1678, elle publie *La Princesse de Clèves* : l'œuvre, d'un genre difficile à définir car à mi-chemin entre la nouvelle historique et le roman d'analyse, connait un immense succès. Elle s'inscrit dans une nouvelle école littéraire et est, à ce titre, considérée comme le premier livre qui correspond à la conception moderne du roman.

LA PRINCESSE DE CLÈVES

UN ROMAN SUR LA PASSION

- **Genre :** roman
- **Édition de référence :** *La Princesse de Clèves*, Paris, Librairie Générale Française, 1999, 256 p.
- **1ʳᵉ édition :** 1678
- **Thématiques :** fidélité, dilemme, adultère, réputation, passion

Le roman, écrit en collaboration avec Segrais (poète français, 1624-1701) et La Rochefoucauld, est publié anonymement en 1678, car Mᵐᵉ de La Fayette en refuse expressément l'attribution, incompatible avec son sexe et son rang. À sa parution, l'œuvre fait l'objet d'une habile campagne de presse dans *Le Mercure galant*, ce qui contribuera à son succès ; un succès qui ne se démentira pas à travers les siècles, beaucoup considérant qu'il s'agit là du premier roman psychologique moderne.

La Princesse de Clèves relate le conflit qui tourmente l'héroïne éponyme, luttant entre la fidélité qu'elle doit à son mari et la passion amoureuse destructrice qu'elle réprime envers le duc de Nemours.

RÉSUMÉ

PREMIÈRE PARTIE

En 1558 parait une belle jeune fille de 16 ans à la cour d'Henri II (roi de France, 1519-1559) : Mlle de Chartres. Orpheline de père, elle est accompagnée de sa mère, qui l'a éduquée.

Des projets de mariage entre divers membres de la cour échouent à cause d'intrigues. Intensément épris de Mlle de Chartres, le prince de Clèves fait sa demande. La jeune femme consent à ce mariage de raison, devenant ainsi la princesse de Clèves. Elle et sa mère présument que la tendresse et le temps feront s'épanouir l'amour conjugal.

Lors d'un bal donné par le roi, la princesse rencontre le duc de Nemours. Une passion dévorante nait aussitôt entre eux, mais elle reste enfouie.

Alors que Mme de Chartres agonise, sa fille lui fait part des sentiments qu'elle éprouve pour Nemours. La mère implore sa fille de renoncer à cette passion, dont elle redoute les méfaits. Mme de Clèves décide alors de se retirer à la campagne, à Coulommiers.

DEUXIÈME PARTIE

Là-bas, Mme de Clèves apprend la mort de Mme de Tournon, une femme qu'elle admirait. Le prince de Clèves lui raconte à ce propos une anecdote : un de ses amis, M. de Sancerre, aimait Mme de Tournon depuis deux ans, et celle-ci lui avait secrètement promis de l'épouser. Or, le jour de sa mort, M. de Sancerre a découvert des lettres passionnées qui ne lui étaient pas adressées ; Mme de Tournon avait en fait tenu le même discours à M. d'Estouville. M. de Sancerre en conçut une douleur immense. Le prince de Clèves tire une conclusion générale de cette histoire : il vaut mieux qu'une femme mariée avoue quelque inclination ailleurs plutôt que de la cacher à son époux ; ce dernier n'en serait pas fâché, car il n'aurait pas la mauvaise surprise d'une liaison dévoilée. Ces derniers propos troublent profondément la princesse.

Le prince de Clèves convainc son épouse de le suivre à Paris. Elle se rend compte qu'elle éprouve encore des sentiments pour le duc de Nemours. De son côté, par amour pour elle, Nemours aurait renoncé aux espérances d'une couronne anglaise. La princesse de Clèves cherche à maitriser ses émotions et désire fuir à nouveau.

Un jour, elle s'aperçoit que Nemours subtilise un portrait d'elle. Cependant, elle se tait, par crainte de révéler publiquement la passion du duc et pour ne pas l'inciter à déclarer son amour. Or Nemours se rend compte que la princesse a observé la scène, mais qu'elle ne l'a pas dénoncé. Il rentre chez lui heureux, se sachant aimé.

Lors d'un tournoi, le duc risque de se blesser. Le regard inquiet de Mme de Clèves est sans équivoque. Le chevalier de Guise, également épris de la princesse, le perçoit et comprend qu'il n'a aucune chance de la conquérir ; il part à l'aventure, loin de la France, et mourra à l'étranger.

Un jour, la princesse intercepte la lettre égarée d'une femme qui circule au sein de la cour et qui laisse supposer que Nemours aurait une liaison. Mme de Clèves sent la jalousie monter en elle.

TROISIÈME PARTIE

En réalité, la lettre était destinée au vidame de Chartres, l'oncle de la princesse et confident de la reine. Il risque gros s'il est identifié : son amante serait compromise et la reine lui reprocherait cette aventure. Le vidame charge alors le duc de Nemours d'une mission : se faire passer pour le destinataire de la lettre.

Nemours rend visite à Mme de Clèves et prouve sa bonne foi. Il dissipe de la sorte la jalousie de la princesse et récupère la lettre. Nemours la transmet au vidame, qui la rend à son amante. Or la dauphine réclame elle aussi le billet qui a semé le trouble. Il s'avère donc nécessaire de le recopier de mémoire. En présence de M. de Clèves, la princesse et le duc récrivent la lettre. Ils prennent plaisir à ce moment d'intimité. Toutefois, l'imitation est imparfaite, et la reine pressent la supercherie. Le vidame perd ainsi son estime.

De nouveau inquiète par la passion qu'elle éprouve pour le duc, la princesse repart à Coulommiers. Son mari lui reproche son gout pour la solitude. Elle avoue alors son amour pour un autre homme. Elle affirme devoir s'éloigner de la cour pour rester digne de son époux. Celui-ci reconnait d'abord la sincère loyauté de son épouse, mais ne peut s'empêcher de la presser ensuite de questions jalouses. Toutefois, elle ne lui révèle pas le nom de son amant. Nemours, caché, a assisté à la scène.

Peu de temps après, le roi demande au prince de Clèves de rentrer à Paris. Seule chez elle, la princesse reste effrayée par son aveu, mais elle se persuade d'être restée fidèle à son mari.

Nemours est partagé : il comprend que cet aveu met un terme à tout espoir de s'assurer les faveurs de la princesse, mais il se réjouit d'aimer et d'être aimé en retour. Il ne peut réfréner son envie de raconter l'histoire à son ami le vidame. Malgré le discours évasif et imprécis du duc, le vidame comprend que c'est bien de son ami dont il s'agit. Par cette imprudence, l'histoire devient publique. Le prince et la princesse de Clèves s'accusent mutuellement d'avoir divulgué leur conversation, ignorant que Nemours les avait entendus.

Le roi meurt au cours d'un tournoi.

QUATRIÈME PARTIE

La cour se rend à Reims pour le sacre du nouveau roi. Pendant ce temps, la princesse reste à Coulommiers. Nemours l'observe de nuit, alors qu'elle contemple un tableau où il figure. Cela l'encourage à la rejoindre. Croyant le reconnaitre dans le jardin, elle fuit vers une autre pièce du château. Nemours attend, en vain, et décide de revenir la nuit suivante. Cependant, Nemours était suivi par un espion à la solde du prince de Clèves. Apprenant la nouvelle, le prince est persuadé que sa femme l'a trompé. Il meurt de chagrin, tout en accablant son épouse de reproches.

Terrifiée, la princesse refuse de revoir le duc. Le vidame

parvient finalement à arranger une entrevue secrète entre les deux amants. Nemours avoue être à l'origine de la révélation. La princesse de Clèves éconduit le duc et s'en va sans qu'il puisse la retenir. Elle s'exile dans les Pyrénées et entre dans les ordres. Gravement malade, elle y mourra quelques années plus tard.

ÉTUDE DES PERSONNAGES

MME DE CHARTRES

Mère de l'héroïne, Mme de Chartres conditionne toute l'intrigue. Venue de province, elle se rend à la cour pour y chercher un mari pour sa fille. Elle incarne les valeurs morales et aristocratiques des décennies précédentes : le respect du devoir conjugal, l'importance de la réputation, etc.

Elle est accompagnée de Mlle de Chartres, sa fille, qu'elle a élevée dans un environnement strict et vertueux. Elle souhaite que celle-ci se distingue du commun des autres femmes et détermine en cela son parcours, faisant d'elle l'agent de son dessein personnel.

Sans répit, elle poursuit cet objectif, ce programme, ce fardeau, jusque sur son lit de mort. Après avoir entendu la confession de sa fille quant aux sentiments qu'elle éprouve pour Nemours, Mme de Chartres n'hésite pas à recourir au chantage affectif : l'amour filial sert de dernier rempart contre la passion. Par exemple, lors des ultimes adieux, elle déclare :

> « Songez ce que vous devez à votre mari ; songez ce que vous vous devez à vous-même, et pensez que vous allez perdre cette réputation que vous vous êtes acquise et que je vous ai tant souhaitée. Ayez de la force et du courage, ma fille, retirez-vous de la cour [...]. Si d'autres raisons que celles de la vertu et de votre devoir vous pouvaient obliger à ce que je souhaite, je vous dirais que, si quelque chose était capable de troubler le bonheur que j'espère en sortant de ce monde, ce

serait de vous voir tomber comme les autres femmes ; mais,
si ce malheur vous doit arriver, je reçois la mort avec joie,
pour n'en être pas le témoin [...]. Adieu, ma fille, lui dit-elle,
[...] et souvenez-vous, si vous pouvez, de tout ce que je viens
de vous dire. » (p. 91-92)

Par-delà la mort, l'honneur de la mère repose sur la conduite
de sa fille. Ces adieux entérinent tout un processus de
culpabilisation. D'une certaine façon, la mère et l'auteure se
recouvrent : la mère scelle le destin de sa fille, tout comme
l'auteure fixe le sort de son héroïne.

LE PRINCE DE CLÈVES

Mari de l'héroïne, le prince de Clèves déplore avoir suscité
l'aveu de sa femme. Rongé par la jalousie, il l'accuse
d'adultère.

Son décès fait écho à celui de Mme de Chartres. Là aussi,
la mort suit l'aveu, et l'agonisant déclare trouver la
mort agréable à cause de ce qu'il sait. Solennellement, il
proclame :

« Je mourrai, ajouta-t-il ; mais sachez que vous me rendez
la mort agréable, et qu'après m'avoir ôté l'estime et la
tendresse que j'avais pour vous, la vie me ferait horreur [...].
Adieu, madame, vous regretterez quelque jour un homme
qui vous aimait d'une passion véritable et légitime. Vous
sentirez le chagrin que trouvent les personnes raisonnables
dans ces engagements, et vous connaitrez la différence d'être
aimée comme je vous aimais, à l'être par des gens qui, en
vous témoignant de l'amour, ne cherchent que l'honneur de
vous séduire. Mais ma mort vous laissera en liberté, ajouta-

t-il, et vous pourrez rendre M. de Nemours heureux, sans qu'il vous en coute des crimes. Qu'importe, reprit-il, ce qui arrivera quand je ne serai plus, et faut-il que j'aie la faiblesse d'y jeter les yeux ? » (p. 213-214)

L'autorisation n'est qu'apparente. De fait, épouser le rival jetterait sur la princesse de Clèves un discrédit sans appel, irréversible. Par ces mots, le prince met sa femme au défi de respecter sa mémoire. On devine que celle-ci ne se permettrait jamais de se montrer indigne de l'époux.

LE DUC DE NEMOURS

Les premières pages du roman font figurer le duc de Nemours parmi les hommes les plus admirables de la cour. Il est en effet présenté comme le plus beau, le plus distingué, etc. Naturellement, la logique romanesque voudrait l'associer à la plus belle et la plus distinguée des femmes, à savoir notre jeune héroïne. Mais ce postulat sera contredit : ils se rencontreront, mais trop tard, la princesse ayant déjà un époux.

Nemours est certes jeune et beau, mais on découvre ensuite sa vraie personnalité, déguisée par les conventions : le duc se révèle séducteur, opportun et cynique.

LE VIDAME DE CHARTRES

Oncle de l'héroïne, le vidame de Chartres est comparé dès les premières pages à Nemours. Tous deux personnifient la cour par leurs galanteries. Il est une sorte de double de Nemours, dont il rappelle le passé et annonce l'avenir.

Oncle et confident de la princesse de Clèves, il pourrait être considéré comme une sorte de substitut de la figure paternelle.

MLLE DE CHARTRES/LA PRINCESSE DE CLÈVES

Héroïne du roman, la princesse de Clèves n'est pourtant pas maitre de sa vie. Elle subit l'influence qu'exercent sur elle les autres protagonistes : l'autorité de sa mère, la sensibilité de son mari, la séduction de Nemours et l'étiquette de la cour.

La princesse intériorise les préceptes de sa mère. Elle place deux vertus au-dessus de toutes les autres : la sincérité, garante de sa mission, et le contrôle qu'elle exerce notamment sur ses émotions. Se prévalant de ces principes, elle prétend sublimer les travers qui la guettent. Par la même occasion, elle se pose inconsciemment comme un exemple à admirer et à imiter. Il en résulte une certaine forme de fierté personnelle, voire d'orgueil.

Toutefois, dans certaines situations, sincérité et maitrise de soi s'opposent profondément. Par amour-propre, la princesse préfère avouer ses manquements. Chaque fois qu'elle sent sa volonté faiblir, elle confesse ses torts. Révéler ses égarements la dissuade-t-elle d'en commettre d'autres ? Sans doute l'espère-t-elle. Elle croit ainsi dompter ses propres humeurs. Dans ces mises en scène se mêlent héroïsme féminin et narcissisme. Mais la princesse présume de ses forces. À chaque fois, l'indécision persiste. À chaque fois, la faute s'aggrave.

Seule la proximité de la mort l'éloigne de la passion qui

l'agite. En se réfugiant dans la religion, elle parvient à préserver l'idéal qu'elle a fait sien. Par le renoncement au monde, elle honore enfin ses promesses. Mais à quel prix !

CLÉS DE LECTURE

UNE MISE EN GARDE CONTRE LA PASSION

Mme de La Fayette considère que les passions amoureuses sont fatales : elle déteste les troubles, les jalousies, les insatisfactions et les chagrins qu'elles engendrent. En comparaison, les instants de bonheur ne seraient que trop fugaces. En ce sens, le terme « passion » se rapproche de son sens étymologique : la souffrance, la douleur.

À la passion déchirante, l'auteure oppose une autre vision de l'amour, influencée par le courant précieux. Elle prône une forme de sympathie solide et bienveillante, un attachement sentimental et intellectuel, amical, voire platonique. Cette union, cordiale et inébranlable, apaise le cœur et se révèle source d'harmonie. Elle s'apparente à l'ataraxie stoïcienne (recherche de l'absence de troubles). Il s'agit d'estomper l'ardeur des troubles passionnels pour atteindre la maitrise de soi et l'équilibre des émotions. Mme de La Fayette elle-même a expérimenté cette façon de vivre l'amour, d'abord avec Gilles Ménage (écrivain français, 1613-1692), puis avec La Rochefoucauld.

LA PRÉCIOSITÉ

Il s'agit d'un phénomène littéraire français qui a vu le jour au XVIIe siècle dans les salons mondains où l'on pratiquait l'art de la conversation. La préciosité se caractérise par une recherche de raffinement, à la fois

Dans ce récit, l'héroïne cultive une vision idéale de l'amour. Elle se met en quête d'un amour sincère et durable, dénué d'intérêt ou d'ambition, capable de résister à l'usure du temps. Elle rejette les liaisons, éphémères et impures.

Mais, curieusement, la princesse semble étrangère à l'amour de son mari, dont la sensibilité est pourtant proche de la sienne. Peu à peu, elle s'amourache du duc de Nemours. Cette passion aliénante bride son intelligence : elle ne perçoit pas directement la portée de ses actes, avoue son infidélité tout en s'obstinant à garder secret le nom de l'homme aimé, etc. Enfin, constatant l'indiscrétion du duc de Nemours, l'héroïne s'aperçoit de son échec avec amertume :

> « J'ai eu tort de croire qu'il y eût un homme capable de cacher ce qui flatte sa gloire. C'est pourtant pour cet homme, que j'ai cru si différent du reste des hommes, que je me trouve comme les autres femmes, étant si éloignée de leur ressembler. J'ai perdu le cœur et l'estime d'un mari qui devait faire ma félicité. Je serai bientôt regardée de tout le monde comme une personne qui a une folle et violente passion. » (p. 184)

Pourtant, les diverses histoires de passion qui émaillent le roman – bien que nullement nécessaires à l'action – étaient censées mettre en garde l'héroïne contre les risques de celle-ci : idolâtrie exagérée, dissimulation, folie, etc. Vains avertissements.

La princesse comprend que, si l'amour s'use dans le mariage, c'est parce que chacun croit que l'autre lui est acquis. Elle conçoit également que la passion ne dure que dans la mesure où l'être aimé (Nemours) lui échappe. Bref, elle se sent médiocre pour avoir désiré ce qu'elle ne pouvait avoir. Cependant, malgré tout, seule la maladie affaiblira ses sentiments passionnés, jusqu'au renoncement ultime :

> « Cette vue si longue et si prochaine de la mort fit paraître à Mme de Clèves les choses de cette vie de cet œil si différent dont on les voit dans la santé [...]. Elle surmonta les restes de cette passion qui était affaiblie par les sentiments que sa maladie lui avait donnés ; les pensées de la mort lui avaient rapproché la mémoire de Monsieur de Clèves [...]. Enfin, des années entières s'étant passées, le temps et l'absence ralentirent sa douleur, et éteignirent sa passion. Mme de Clèves vécut d'une sorte qui ne laissa pas d'apparence qu'elle pût jamais revenir ; elle passait une partie de l'année dans cette maison religieuse et l'autre chez elle, mais dans une retraite et dans des occupations plus saintes que celles des couvents les plus austères ; et sa vie, qui fut assez courte, laissa des exemples de vertus inimitables. » (p. 236-239)

RALENTIS RÉFLEXIFS

Tout au long du récit, la princesse oscille entre deux postures :

- l'action mal maitrisée. Ses gestes, ses paroles, ses rou-

geurs ou ses silences témoignent de sa passion dé-
sorganisée. Elle donne, malgré elle, des signes de ses
sentiments ;
- la réflexion. Elle prend le temps de se recueillir afin
d'étudier son propre comportement. Des bilans, nourris
de repentirs ou de remords, aboutissent à des résolutions
pour l'avenir. Bref, à un évènement troublant succède
toujours une analyse rétrospective.

De surcroit, à ces deux attitudes correspondent deux
espaces :

- la vie publique, représentée par la cour (à Paris, à Blois)
avec ses cérémonies fastueuses, ses intrigues et ses
séductions trompeuses ;
- la retraite, évoquée par la campagne, les pièces privées,
etc. Fuir le monde est nécessaire pour méditer au calme.
À chaque fois que le besoin s'en fait sentir, la princesse se
cloitre dans la solitude.

Dans ce récit écrit à la troisième personne du singulier,
l'examen de conscience peut prendre trois formes :

- la description psychologique, qui expose ce qui occupe
l'esprit de l'héroïne ;
- le monologue rapporté, où l'on présente au style indirect
le discours que la princesse se tient ;
- le monologue au style direct.

Ces ralentis réflexifs illustrent l'effort de la princesse pour
voir clair dans son trouble. Pour échapper au chaos des
mouvements passionnels, elle tente de dérouler un discours

qui réorganise son esprit, qui le structure. Il ne s'agit pas d'un mélange désordonné d'impressions confuses, ni d'une logorrhée d'idées fuyantes, mais d'une pensée linéaire, limpide et cohérente, éclairée par la raison.

> « [...] Mme de Clèves s'en alla chez elle et s'enferma dans son cabinet.
>
> L'on ne peut exprimer la douleur qu'elle sentit de connaître, par ce que lui venait de dire sa mère, l'intérêt qu'elle prenait à M. de Nemours : elle n'avait encore osé se l'avouer à elle-même. Elle vit alors que les sentiments qu'elle avait pour lui étaient ceux que M. de Clèves lui avait tant demandés ; elle trouva combien il était honteux de les avoir pour un autre que pour un mari qui les méritait. Elle se sentit blessée et embarrassée de la crainte que M. de Nemours ne la voulût faire servir de prétexte à Mme la dauphine et cette pensée la détermina à conter à Mme de Chartres ce qu'elle ne lui avait point encore dit. » (p. 88-89)

Un choix « cornélien »

L'aveu au Duc de Nemours est précisément l'un de ces ralentis réflexifs. Le dilemme entre le devoir et la passion nous dévoile le caractère intime de l'aveu. Ce monologue est signalé par la longueur de la réplique de Mme de Clèves en regard de celle de Nemours. En outre, il est caractérisé par de longues phrases accompagnées d'un nombre important de relatives :

> « Je vous en ai trop dit pour vous cacher **que** vous me l'avez fait connaître et **que** je souffris de si cruelles peines le soir **que** la Reine me donna cette lettre de Madame de Thémines, **que** l'on disait **qui** s'adressait à vous, **qu'**il m'en est demeuré

une idée **qui** me fait croire **que** c'est le plus grand de tous les maux. » (fin de la quatrième partie)

L'utilisation de ces longues phrases met en lumière la lenteur de la réflexion de la princesse de Clèves. N'oublions pas qu'elle est dans la nécessité de choisir entre son devoir ou sa passion. Cela montre donc que le personnage, en même temps qu'il discourt, réfléchit à sa décision finale. Ce style répétitif permet de percevoir l'hésitation du personnage.

En définitive, de nombreuses phases de réflexions jalonnent le roman, preuves d'un cheminement personnel intense. Cela fait aussi de *La Princesse de Clèves* un roman d'apprentissage, genre né en Allemagne au XVIIIe siècle qui retrace l'évolution d'un héros.

JEUX DE REGARDS

Dans le roman, la communication entre les individus est indirecte ou très tardive. Dès lors, le regard occupe une place prépondérante, ce qui explique notamment les diverses formes du verbe « voir » que l'on retrouve tout au long du roman.

Scènes d'espionnage et de voyeurisme

Dans des lieux extérieurs à la cour se jouent des scènes symétriques.

Les protagonistes sont observés à leur insu :

- Nemours espionne la princesse depuis la vitrine d'un marchand de soie ;

- la princesse trouve Nemours endormi dans un jardin parisien.

Les espions sont eux-mêmes contemplés :

- un des amants regarde le portrait de l'autre, sans savoir que celui-là même qu'il admire est en train de l'observer ;
- la princesse surprend Nemours en train de dérober un portrait d'elle ;
- Nemours épie la princesse à Coulommiers et la trouve bouleversée à la vue d'un tableau qu'elle s'est procuré. Ce tableau représente le siège de Metz, où figure Nemours.

Le regard de la cour

Lors du bal donné à la cour pour les fiançailles princières, le roi ordonne à Mme de Clèves de danser avec Nemours. Cet ordre a une portée symbolique : en voyant en ces deux personnes un couple acceptable, le roi cautionne une union illégitime (p. 71-72).

En outre, par l'étiquette qu'elle impose, la cour contraint les personnages à jouer un rôle, à se modeler un visage qui sera exposé aux regards.

Être vue comme un exemple

Finalement, la princesse assume et dépasse la sensation de culpabilité et de médiocrité qui l'accable. Elle retrouve son amour-propre et, si elle rencontre Nemours une dernière fois, c'est parce qu'elle le prie de rendre compte de leur entretien au vidame de Chartres. Elle entend ainsi susciter l'admiration de son oncle et se poser en modèle qu'il est censé imiter. Désormais, en s'offrant comme une icône exemplaire et irréprochable, elle contrôle un peu mieux le regard des autres et s'affranchit du rôle que la cour la poussait à jouer.

Un aveu loin des yeux de la cour

L'aveu de la princesse au duc de Nemours ne se fait justement pas sous le regard de la cour. En effet, ce n'est ni à la cour, caractérisée par ses codes sociaux, ni chez Mme de Clèves, lieu privé et intime, qu'ils se retrouvent, mais dans un endroit neutre qui ne saurait influer sur leur comportement. L'aveu des sentiments et l'annonce du départ peuvent ainsi être dévoilés librement, sans tension par rapport à l'extérieur et de manière sincère. Étant donné que les personnages se trouvent dans un lieu externe à la cour, la princesse bannit tous les codes de la société afin de se libérer de son fardeau : « [...] je vais passer par-dessus toute la retenue et toutes les délicatesses que je devrais avoir dans une première conversation. » (p. 230)

Elle prend ainsi la liberté de se défaire de tout ce qui pourrait l'empêcher, au sein de la société, de faire paraitre ses sentiments. Désormais, elle ne tient plus compte de la bienséance qui condamne l'aveu d'une passion.

LA RETRAITE DE LA PRINCESSE DE CLÈVES, UNE FATALITÉ ?

Une passion éphémère

Cet aveu sert aussi d'argument social pour se convaincre

elle-même que l'unique manière de fuir la situation dans laquelle elle se trouve est de se retirer de la cour. Aussi, la princesse de Clèves craint-elle que les sentiments inattendus du duc de Nemours ne se dissipent avec le temps et à la vue d'autres femmes : « Mais les hommes conservent-ils de la passion dans ces engagements éternels ? Dois-je espérer un miracle en ma faveur [...] ? »(fin de la quatrième partie)

Par cette question rhétorique, la princesse de Clèves ne donne aucune alternative à Nemours. Il ne peut en effet nier ces affirmations. En outre, le terme « miracle » met en évidence la marginalité d'un amour permanent et l'inéluctable destinée des femmes mariées.

Cette peur d'une passion éphémère est le premier argument qui contrebalance l'absence d'obstacles à l'amour de la princesse et de Nemours. Mme de Clèves est consciente que, dès le décès de son époux, toute entrave à leur amour ne saurait être légitime dans la société et aux yeux de Nemours :

> « Je sais que vous êtes libre, que je le suis, et que les choses sont d'une sorte que le public n'aurait peut-être pas sujet de vous blâmer, ni moi non plus, quand nous nous engagerions ensemble pour jamais. » (fin de la quatrième partie)

Du constat d'un amour éphémère découle aussi la crainte de l'infidélité. En effet, la princesse est consciente que le duc de Nemours est un homme charmant qui plait à beaucoup de femmes : « Rien ne me peut empêcher de connaître que vous êtes né avec toutes les dispositions pour la galanterie et toutes les qualités qui sont propres à y donner des succès heureux. » (fin de la quatrième partie)

Dans cette société, la fidélité et l'amour constant que Mme de Clèves souhaite n'ont pas lieu d'être. Ainsi la maxime qui met fin à la justification sociale de la princesse de Clèves prend tout son sens : « On fait des reproches à un amant ; mais en fait-on à un mari, quand on n'a qu'à lui reprocher de n'avoir plus d'amour ? ». Cette maxime, marquée par l'impersonnel et le présent de vérité général, met en évidence le destin d'une femme mariée.

La jalousie, constituante de la passion

Tout cet argument social est renforcé par l'apparition inévitable d'un sentiment destructeur, la jalousie. La princesse craint cette émotion qui l'empêcherait de dissimuler sa passion.

> « J'en aurais une douleur mortelle, et je ne serais pas même assurée de n'avoir point le malheur de la jalousie. Je vous en ai trop dit pour vous cacher que vous me l'avez fait connaître et que je souffris de si cruelles peines [...] qu'il m'en est demeuré une idée qui me fait croire que c'est le plus grand de tous les maux. » (fin de la quatrième partie)

Les hyperboles mises en évidence montrent qu'elle ne supportera pas d'être trahie. En outre, elles appuient les raisons sociales qui rendent leur union impossible. Le superlatif décrit la jalousie comme un mal supérieur à toute autre affliction, contre lequel on ne peut jamais lutter. L'expression hyperbolique exprime ainsi l'inadéquation entre le monde de la cour et les valeurs de la princesse.

« Il y en a peu à qui vous ne plaisiez ; mon expérience me ferait croire qu'il n'y en a point à qui vous ne puissiez plaire. »

(fin de la quatrième partie) Par l'usage de cette litote, le narrateur atténue le propos afin de le rendre plus fort. Le duc de Nemours ne pourrait résister à une nouvelle passion semblable à celle qu'il éprouve pour elle. En conséquence, l'argument social convainc le lecteur et la princesse de la nécessité de quitter la cour et légitime le constat d'un amour impossible. La jeune femme prône ainsi des valeurs morales inculquées par sa mère qu'elle désire conserver.

Le devoir

Même si elle cède (cédait ?) à sa passion, outre les conséquences malheureuses de l'union matrimoniale, son devoir et son sentiment de culpabilité la poursuivront (poursuivraient ?) éternellement :

> « Quand je pourrais m'accoutumer à cette sorte de malheur, pourrais-je m'accoutumer à celui de croire voir toujours Monsieur de Clèves vous accuser de sa mort ; me reprocher de vous avoir aimé, de vous avoir épousé [...] »(fin de la quatrième partie)

L'utilisation du conditionnel hypothétique insiste sur le fait que, même si elle parvenait à surmonter la jalousie et l'infidélité, la force de son devoir ne lui permettrait pas d'aller à l'encontre de ses valeurs et de sa vertu : « Il est impossible, continua-t-elle, de passer par-dessus des raisons si fortes : il faut que je demeure dans l'état où je suis et dans les résolutions que j'ai prises de n'en sortir jamais. » (fin de la quatrième partie) L'argument social et l'argument personnel justifient la décision finale de Mme de Clèves de se retirer de la cour.

UN PERSONNAGE TRAGIQUE

Tout cela prouve que l'héroïne peut être considérée comme appartenant à la catégorie des personnages tragiques. Tout d'abord, le dilemme cornélien qui la tiraille entre la passion et le devoir est caractéristique des tragédies classiques. Celles-ci impliquent que l'amour est impossible. Il est vrai que la princesse découvre progressivement la passion qu'elle ressent pour le duc de Nemours et qu'elle prend conscience que ce sentiment est insurmontable. Elle ne peut, par sa volonté, déjouer son destin : « Ma destinée n'a pas voulu que j'aie pu profiter de ce bonheur [...]. »(fin de la quatrième partie) Sa passion ne peut donc être contrôlée même si elle en a la volonté. Mme de Clèves est prédestinée à se retirer du monde dans lequel ses valeurs ne peuvent être conservées.

Ensuite, les champs lexicaux donnent à la fin du livre une dimension tragique. Le malheur, est essentiel au dynamisme du passage et permet au lecteur de pressentir la destinée du personnage principal. Le terme « malheur » revient fréquemment ainsi que les termes « douleur » et « souffrances » qui viennent contribuer à cette force tragique. Dans la tragédie classique, amour et passion sont liés. Mais la passion est aussi liée au malheur, et si Mme de Clèves en venait à céder à ses passions, elle serait malheureuse.

PISTES DE RÉFLEXION

QUELQUES QUESTIONS POUR APPROFONDIR SA RÉFLEXION...

- L'histoire se présente comme un récit historique du temps d'Henri II. Quels avantages cela confère-t-il au roman ?
- Pourquoi le silence de la princesse de Clèves lors du vol de son portrait révèle-t-il ses sentiments pour le duc de Nemours ?
- Quels points communs possèdent la demeure de Coulommiers et la retraite dans les Pyrénées ?
- « Si vous jugez sur les apparences en ce lieu-ci, répondit Mme de Chartres, vous serez souvent trompée : ce qui paraît n'est presque jamais la vérité. » (p. 75) Citez quelques moments de l'intrigue où les apparences cachent la réalité.
- De quelle façon l'anecdote sur Mme de Tournon éclaire-t-elle l'intrigue principale ?
- Quels liens peut-on établir entre l'aventure du vidame contée par la lettre perdue et celle de la princesse de Clèves (p. 129-132) ?
- Quelle est la fonction des ralentis réflexifs ?
- Pourquoi dit-on que *La Princesse de Clèves* est avant tout « une méditation sur l'amour » ?
- Quelles différences peut-on observer entre le contenu de *La Princesse de Clèves* et la vision médiévale de l'amour courtois ?
- Quelles similitudes pourrait-on établir entre l'intrigue de *La Princesse de Clèves* et celle de *La Nouvelle Héloïse* de Rousseau ?

- En quoi notre récit se distingue-t-il de *Madame Bovary* de Flaubert et de *Le Rouge et le Noir* de Stendhal ?

- 27 -

Votre avis nous intéresse !
Laissez un commentaire sur le site de votre librairie en ligne
et partagez vos coups de cœur sur les réseaux sociaux !

POUR ALLER PLUS LOIN

ÉDITION DE RÉFÉRENCE

- La Fayette Madame de, *La Princesse de Clèves*, Paris, Librairie Générale Française, 1999.

ÉTUDES DE RÉFÉRENCE

- Beaumarchais J.-P. de et Couty D., *Dictionnaire des grandes œuvres de la littérature française*, Paris, Larousse-VUEF, 2001, p. 1014-1018.
- Benac H., *Guide des idées littéraires*, Paris, Hachette, 1988.
- Biet C., *La tragédie*, Paris, Armand Colin, 1997.
- Dantzig C., *Dictionnaire égoïste de la littérature française*, Paris, Grasset, 2005, p. 823-825.
- Duchêne R., « Madame de La Fayette », in Polet J.-C. (dir.), *Patrimoine littéraire européen. Avènement de l'équilibre européen (1616-1720)*, Bruxelles, De Boeck, 1996, p. 731-737.
- Niederst A., La Princesse de Clèves : *le roman paradoxal*, Paris, Librairie Larousse, 1973.
- Rousset J., *Formes et significations : essais sur les structures littéraires de Corneille à Claudel*, Paris, Librairie José Corti, 1982.

SUR LEPETITLITTÉRAIRE.FR

- Commentaire sur le portrait de Mademoiselle de Chartres apparaissant dans *La Princesse de Clèves* de Madame de La Fayette.

- Questionnaire de lecture sur *La Princesse de Clèves*.

DUMAS
- Les Trois Mousquetaires

ÉNARD
- Parlez-leur de batailles, de rois et d'éléphants

FERRARI
- Le Sermon sur la chute de Rome

FLAUBERT
- Madame Bovary

FRANK
- Journal d'Anne Frank

FRED VARGAS
- Pars vite et reviens tard

GARY
- La Vie devant soi

GAUDÉ
- La Mort du roi Tsongor
- Le Soleil des Scorta

GAUTIER
- La Morte amoureuse
- Le Capitaine Fracasse

GAVALDA
- 35 kilos d'espoir

GIDE
- Les Faux-Monnayeurs

GIONO
- Le Grand Troupeau
- Le Hussard sur le toit

GIRAUDOUX
- La guerre de Troie n'aura pas lieu

GOLDING
- Sa Majesté des Mouches

GRIMBERT
- Un secret

HEMINGWAY
- Le Vieil Homme et la Mer

HESSEL
- Indignez-vous !

HOMÈRE
- L'Odyssée

HUGO
- Le Dernier Jour d'un condamné
- Les Misérables
- Notre-Dame de Paris

HUXLEY
- Le Meilleur des mondes

IONESCO
- Rhinocéros
- La Cantatrice chauve

JARY
- Ubu roi

JENNI
- L'Art français de la guerre

JOFFO
- Un sac de billes

KAFKA
- La Métamorphose

KEROUAC
- Sur la route

KESSEL
- Le Lion

LARSSON
- Millenium I. Les hommes qui n'aimaient pas les femmes

LE CLÉZIO
- Mondo

LEVI
- Si c'est un homme

LEVY
- Et si c'était vrai…

MAALOUF
- Léon l'Africain

MALRAUX
- La Condition humaine

MARIVAUX
- La Double Inconstance
- Le Jeu de l'amour et du hasard

MARTINEZ
- Du domaine des murmures

MAUPASSANT
- Boule de suif
- Le Horla
- Une vie

MAURIAC
- Le Nœud de vipères

MAURIAC
- Le Sagouin

MÉRIMÉE
- Tamango
- Colomba

MERLE
- La mort est mon métier

MOLIÈRE
- Le Misanthrope
- L'Avare
- Le Bourgeois gentilhomme

MONTAIGNE
- Essais

MORPURGO
- Le Roi Arthur

MUSSET
- Lorenzaccio

MUSSO
- Que serais-je sans toi ?

NOTHOMB
- Stupeur et Tremblements

ORWELL
- La Ferme des animaux
- 1984

PAGNOL
- La Gloire de mon père

PANCOL
- Les Yeux jaunes des crocodiles

PASCAL
- Pensées

PENNAC
- Au bonheur des ogres

POE
- La Chute de la maison Usher

PROUST
- Du côté de chez Swann

QUENEAU
- Zazie dans le métro

QUIGNARD
- Tous les matins du monde

RABELAIS
- Gargantua

RACINE
- Andromaque
- Britannicus
- Phèdre

ROUSSEAU
- Confessions

ROSTAND
- Cyrano de Bergerac

ROWLING
- Harry Potter à l'école des sorciers

SAINT-EXUPÉRY
- Le Petit Prince
- Vol de nuit

SARTRE
- Huis clos
- La Nausée
- Les Mouches

SCHLINK
- Le Liseur

SCHMITT
- La Part de l'autre
- Oscar et la Dame rose

SEPULVEDA
- Le Vieux qui lisait des romans d'amour

SHAKESPEARE
- Roméo et Juliette

SIMENON
- Le Chien jaune

STEEMAN
- L'Assassin habite au 21

STEINBECK
- Des souris et des hommes

STENDHAL
- Le Rouge et le Noir

STEVENSON
- L'Île au trésor

SÜSKIND
- Le Parfum

TOLSTOÏ
- Anna Karénine

TOURNIER
- Vendredi ou la Vie sauvage

TOUSSAINT
- Fuir

UHLMAN
- L'Ami retrouvé

VERNE
- Le Tour du monde en 80 jours
- Vingt mille lieues sous les mers
- Voyage au centre de la terre

VIAN
- L'Écume des jours

VOLTAIRE
- Candide

WELLS
- La Guerre des mondes

YOURCENAR
- Mémoires d'Hadrien

ZOLA
- Au bonheur des dames
- L'Assommoir
- Germinal

ZWEIG
- Le Joueur d'échecs

www.lepetitlitteraire.fr

ISBN version numérique : 978-28062-8388-7
ISBN version papier : 978-2-8062-8389-4
Dépôt légal : D/2016/12603/335

Avec la collaboration de Erika de Gouveia pour la présentation de Madame de La Fayette, le chapitre « Le retrait de la princesse de Clèves, une fatalité ? » ainsi que pour le sous-chapitre « Un choix cornélien ».

Conception numérique : Primento,
le partenaire numérique des éditeurs.

Ce titre a été réalisé avec le soutien de la Fédération Wallonie-Bruxelles, Service général des Lettres et du Livre.